Les doigts rouges

Marc Villard

Illustration de couverture
Antonin Louchard

SYROS
jeunesse

Marc Villard
Né en 1947 à Versailles. Enfance banlieusarde.
Passions : football, rock n'roll, peinture.
Diplômé de l'école Estienne. Écrit d'abord de la
poésie pendant dix ans. Passe au polar en 1979
avec un roman écrit à quatre mains avec Degliame,
Légitime démence (Sanguine), et un recueil
de nouvelles, *Nés pour perdre* (Repères).
Scénariste des films *Neige*, de Juliet Berto,
et *Taggers*, de Cyril Collard.
Vit à Paris, marié, trois enfants.

Du même auteur :
— *Rock Machine* (Syros)
— *Cauchemars climatisés* (Futuropolis)
— *Cité des Anges* (Albin Michel)
— *Chroniques ferroviaires* (Futuropolis)
— *Les Petits Poucets* (Syros)

Catalogage Électre-Bibliographie
Villard, Marc – Les doigts rouges.
Paris : Syros, 1997 (Mini Souris noire ; 7). ISBN 2-84146-420-2. DEWEY 811.5
(Albums et fiction. Romans. Aventures et voyages)
Public concerné : Bons lecteurs (à partir de 9 ans)

© 1987. Syros
© 1997. Éditions La Découverte et Syros, 9 bis, rue Abel-Hovelacque, 75013 Paris

1

Les nuages se chargèrent de pluie et le vent se leva. Sur la plage de Saint-Clair, à la sortie du Lavandou, les derniers vacanciers de septembre plièrent leurs parasols inutiles et leurs serviettes de bain. Les jouets des enfants regagnèrent les coffres des voitures familiales.

Ricky Miller, huit ans, frissonnait sous son tee-shirt Snoopy mais il aurait pu supporter la pire des bourrasques. Car il attendait Georges, son frère, qui regagnait la plage en battant l'eau des mains et des pieds avec une belle énergie.

Pour Georges, Ricky se serait fait couper en morceaux, il aurait traversé des forêts, escaladé des montagnes. Il admirait sans retenue son frère qui le méritait bien, faut-il le préciser ?

Georges le rejoignit sur le sable, tout dégoulinant d'eau.

— Passe-moi la serviette, Ricky, et range les affaires, nous rentrons à la maison.

— C'est déjà fini les vacances ?

— Encore cinq jours et on remonte sur Paris. Sophie et toi, vous recommencez l'école dans une semaine.

Sophie, la sœur de Georges et Ricky, ne descendait à la plage que le matin car elle se réservait l'après-midi pour travailler. À seize ans, elle se préparait déjà à passer le bac.

Monsieur et madame Miller laissaient leurs enfants seuls à la villa « Les Cyprès » pour la première fois en septembre. Cette année Georges avait dix-huit ans, était majeur et pouvait prendre cette responsabilité. Ce qui réjouissait Ricky.

Ils traversèrent la route alors que les premières gouttes tachaient le goudron. Puis, en trottinant, les deux garçons rejoignirent la villa familiale.

Dans la salle à manger, Sophie était en grande conversation avec un gendarme bien connu au Lavandou sous le sobriquet de Pluto.

Sophie s'empressa d'expliquer aux nouveaux venus la présence du gendarme :

— Bruno Ségura a disparu !

Les deux garçons restèrent sans réaction,

encore essoufflés par leur course. Aussi le gendarme décida de poursuivre la conversation :

— Eh oui, envolé Bruno ! Comme vous le fréquentiez, j'ai pensé que vous pourriez m'apprendre quelque chose.

— On le connaissait pas tellement... commença Georges.

— Assez quand même pour que tu te bagarres avec lui, n'est-ce pas ? répliqua habilement le policier.

Georges devint tout rouge.

— Pourquoi vous êtes-vous battus ? demanda Pluto à Georges.

— Il embêtait Sophie. Je n'aime pas parler de ça.

Le gendarme soupira et, en se levant, leur recommanda poliment de le prévenir s'ils avaient connaissance de quoi que ce soit concernant Bruno. Puis il s'éloigna dans sa petite voiture bleue.

2

Un peu plus tard Sophie et Georges discutaient au premier étage pendant que Ricky avalait une énorme tartine de confiture dans la cuisine. Son visage, piqueté de taches de rousseur, était absorbé par une pensée unique : pourquoi Georges refusait-il de parler de Bruno Ségura ?

Après tout, il avait gagné la bagarre. Pourquoi donc avoir honte ? À moins que Georges ne sache où se cachait Bruno et ne veuille pas le dire... Ricky oublia bien vite l'incident car l'heure de son feuilleton télévisé était enfin là. Il s'installa confortablement sur une banquette moelleuse et se concentra sur l'écran coloré, brusquement envahi par des extra-terrestres.

Après le dîner, Georges et Sophie restèrent discuter dans la salle à manger alors que Ricky montait dans sa chambre pour dévorer les dernières aventures de Spidey.

Sur le coup de onze heures, ne pouvant trouver le sommeil, le garçonnet s'accouda à sa fenêtre.

Dans la pinède qui lui faisait face, les grillons s'étaient tus. On percevait au loin la rumeur étouffée d'une fête organisée dans un mas voisin.

Puis la porte de la grange des Miller grinça. La lune était haute et sa clarté enveloppa la silhouette qui sortait du bâtiment : Georges.

Celui-ci referma la porte derrière lui et examina ses mains : un liquide rouge lui poissait les doigts. Il sortit son mouchoir et commença à s'essuyer en gagnant la cuisine. Les verrous cliquetèrent et le silence prit possession du décor.

Ricky restait pétrifié à sa fenêtre. Une phrase prononcée par Georges à l'intention de Bruno Ségura lui revenait à l'esprit : « Si tu touches encore une fois à Sophie, je te tue. »

Malgré la chaleur étouffante, le garçonnet frissonna. Il revit les doigts rouges de Georges. Un rouge foncé qui ressemblait fort à du sang.

mini souris noire

3

Le lendemain matin, Ricky garda pour lui ce qu'il avait surpris au cours de la nuit. Georges et Sophie paraissaient en pleine forme et riaient comme des andouilles pour un oui pour un non. Alors que Ricky avalait un plein bol de cacao, ils le hélèrent gaiement :

— Nous partons faire des commissions en ville. Tu nous accompagnes ?

— Non, je ne suis pas bien réveillé.

— N'oublie pas de faire ta toilette, recommanda Sophie en fronçant les sourcils.

Et les jeunes gens se hâtèrent en direction de la voiture de Georges, une vieille 2 CV décapotable. Dès que la guimbarde eut disparu aux yeux de Ricky, le garçonnet se hâta d'enfiler des espadrilles et un short puis il progressa à petits pas vers la porte de la grange.

Et stoppa net. Il n'osait plus avancer, effrayé par avance à l'idée de ce qu'il pourrait trouver derrière la porte. Mais, serrant les dents, il fit une dernière enjambée pour presser la poignée. La porte résistait.

— Ma parole, elle est fermée à clé ! s'étonna Ricky.

De toute sa vie – et elle était déjà longue, pensez donc ! – personne n'avait jamais fermé cette porte de grange. Ricky colla son œil au trou de serrure mais l'obscurité était complète à l'intérieur du bâtiment. De minute en minute, l'inquiétude fit son chemin dans le cœur de Ricky.

Quand Georges et Sophie revinrent du Lavandou, ils retrouvèrent un garçon maussade et peu bavard.

Georges commença à préparer le déjeuner sur la grande table de la salle sans s'apercevoir que Ricky ne le quittait plus des yeux.

— La vie est pleine de menteurs... commença l'enfant.

— Qu'est-ce que tu racontes ? s'étonna sa sœur.

Sans un mot, Ricky quitta la pièce et courut se jeter sur son lit. Maintenant, il avait peur de connaître la vérité.

mini souris noire

4

Ricky s'éveilla brutalement. Il ouvrit les yeux, sortant avec peine d'un horrible cauchemar rempli de serpents à têtes de chien. Il consulta sa montre : sa sieste n'avait duré qu'une heure.

Puis il entendit le ronflement d'un moteur en contrebas et comprit que le bruit l'avait réveillé. Il se pencha sur le rebord de la fenêtre pour repérer l'engin bruyant. Sophie, qui lisait sur une chaise longue, leva la tête vers lui :

— Déjà réveillé ?

— C'est quoi ce bruit, Sophie ?

La jeune fille mit sa main devant ses yeux pour se protéger du soleil et expliqua :

— Georges coupe du bois à la tronçonneuse dans la grange.

— Du bois ?

Couper du bois en septembre était une idée originale. Ricky décida d'en avoir le cœur net. Il enfila son short, passa ses sandales et, mine de rien, descendit rejoindre sa sœur. Mais Sophie s'était envolée, la grange était close et Georges se tenait près de la 2 CV, un grand sourire aux lèvres.

— Prends ton masque, Ricky, on va se baigner sur les rochers de Cavalaire.

— Tu as déjà fini de couper ton bois ?

— Eh oui, je suis un rapide. Allez, dépêche-toi !

Leur crique préférée vibrait sous un beau soleil et l'eau, profonde à cet endroit, en devenait transparente. On apercevait à l'œil nu des massifs de fleurs sous-marines que Ricky adorait contempler.

L'enfant, toujours inquiet, parvint quand même à s'amuser et une partie de ballon endiablée mit un terme à cet après-midi de baignade.

Pendant le repas du soir, Georges et Sophie paraissant d'excellente humeur, Ricky se risqua à poser à son frère des questions qui lui démangeaient la langue :

— Alors, comme ça, tu n'as pas revu Bruno ces jours-ci ?

— Nous sommes fâchés, tu le sais bien. Si je l'avais vu, je l'aurais dit à Pluto.

— Pourquoi la grange est-elle fermée à clé ?

Georges parut fort embêté pour répondre mais Sophie vola à son secours :

— C'est pour faire parler les curieux !

Ricky n'était qu'un petit de huit ans et on le lui faisait sentir. Il garda ses dernières questions pour lui et se laissa entraîner dans une partie de Monopoly.

5

C'est le grincement cafardeux d'une porte qui, à minuit, le réveilla. Il se dressa sur son lit, le front trempé de sueur.
Ricky détermina de suite l'origine de ce bruit très spécial : on tirait à nouveau la porte de la grange.

Il avança jusqu'à la fenêtre et entrouvrit les volets. La lanterne située au-dessus du portail d'entrée était allumée et répandait son faisceau sur la courette et une partie du jardin. Ce que vit Ricky le terrifia. Georges et Sophie, arc-boutés à chaque extrémité d'un grand sac en plastique noir, tiraient ce lourd fardeau aux formes indistinctes en direction de la cuisine.

Alors Ricky passa en revue tous les événements des deux derniers jours : la disparition de Bruno Ségura, la gêne de Georges, le sang sur les mains de son frère, la grange bouclée, le sac en plastique.

Puis, subitement, il se souvint aussi de la tronçonneuse. Les images épouvantables d'un film interdit aux moins de treize ans s'imposèrent à son esprit. *Massacre à la tronçonneuse* mettait en scène un assassin qui découpait les gens en morceaux.

Et l'horrible vérité lui donna le vertige :

Bruno Ségura gisait en morceaux dans le sac de plastique et c'est Georges qui l'avait tué. Le garçon veilla toute la nuit car il n'était plus question, pour lui, de dormir.

Au petit matin, sa décision fut prise : il téléphonerait à son père d'une cabine du Lavandou et lui demanderait conseil.

Georges n'était plus le grand frère bienveillant qu'il croyait et c'est surtout cette pensée qui faisait mal à Ricky. Il décida de fermer sa chambre à clé et de n'en sortir que pour descendre téléphoner en ville.

Aux alentours de neuf heures du matin, la voix de Sophie traversa la cloison séparant la chambre de Ricky du couloir :

— Ricky, tu viens déjeuner ?

N'obtenant pas de réponse, la jeune fille insista :

— Il y a une surprise pour toi si tu descends...

Des surprises comme celle-là, il s'en passait volontiers, Ricky. Les filles disent vraiment n'importe quoi.

— Tu sais quel jour nous sommes ? reprit Sophie.

La voix chevrotante du garçonnet se fit enfin entendre :

— Heu... le... le 7 septembre.

— Et le 7 septembre, c'est ?

— Je sais pas... ah si : mon anniversaire.

Alors Georges et Sophie entonnèrent derrière la porte le célèbre *Happy birthday to you*.

Timidement, le gamin déverrouilla sa porte et, l'œil noir, rejoignit son frère et sa sœur. Les deux aînés chantaient toujours en descendant l'escalier.

6

Un beau gâteau trônait sur la table de la salle à manger. Neuf bougies étaient plantées dans la délicieuse pâtisserie et, contre une chaise, le grand sac en plastique reposait.

Ricky, les yeux exorbités, ne pouvait détacher son regard de la forme habillée de noir. La voix lui manquait, il ne savait plus quoi dire ni faire.

— Eh bien, proposa Georges, tu n'ouvres pas le sac ?

— Il y a peut-être un cadeau dedans, suggéra Sophie.

Mais l'enfant faisait non avec la tête, muet et statufié au pied de l'escalier.

— Bon, alors je l'ouvre pour toi, proposa son grand frère.

Et d'un coup de canif, il déchira l'enveloppe qui s'affaissa en boule par terre. Un vélo d'occasion remis entièrement à neuf brillait de tous ses feux sous les yeux ébahis de Ricky.

— C'est Georges qui l'a entièrement repeint en rouge, précisa Sophie.

— Je le cachais dans la grange, c'est pour ça qu'elle était fermée à clé, gros malin !

Il en aurait pleuré, Ricky. Pas tellement pour ce cadeau mais de savoir que son frère et sa sœur étaient bien toujours les mêmes : des copains formidables, les meilleurs qu'il aurait jamais. Puis il fronça les sourcils car un détail l'embêtait encore.

— Mais la tronçonneuse ? Pourquoi tu coupes du bois en été ? questionna l'enfant en regardant son frère avec sévérité.

— Papa et maman viennent passer une semaine ici en novembre et ils auront besoin de bois d'avance pour se chauffer.

Ricky se précipita au cou de Georges. Ce type-là était génial ; il n'assassinerait jamais personne et c'était son frère à lui, Ricky.

mini souris noire

7

Alors qu'ils faisaient honneur au gâteau en riant comme des fous, on frappa trois coups à la porte. Sophie se leva pour ouvrir et introduisit Pluto dans la grande pièce.

— Je suis passé vous prévenir au sujet de Bruno Ségura... commença le gendarme.

— Vous l'avez retrouvé ? s'enquit Georges.

— Malheureusement oui. Il avait volé une moto pour rejoindre des amis en Italie. Il s'est tué contre un arbre, la nuit dernière, sur une route de campagne.

Tous les Miller baissèrent la tête.

Ils avaient maintenant un peu honte de leur joie et, quand le gendarme fut parti, le beau gâteau d'anniversaire leur parut beaucoup plus fade qu'en début de matinée.

fin

Si tu as aimé ce livre,
tu aimeras lire:

Le Refuge des Ptits-tout-seuls
de Marie et Joseph (n°8)

« — Qu'est-ce qu'il peut bien vouloir en faire ?
— Pourvu qu'il ne leur ait pas fait de mal...
On s'est regardés, on commençait à être vraiment inquiets.
— Tu crois qu'on devrait prévenir quelqu'un ? Les parents... ou la police ?
— Oui, mais sans preuves, ils ne voudront jamais nous croire...
— Alors, faut trouver où il a mis les chiens. »

La bande des Ptits-tout-seuls a créé un refuge pour les chiens perdus. Chaque jour, les enfants sortent les chiens, les nourrissent, puis les enferment dans le chenil pour la nuit jusqu'au jour où tous les chiens disparaissent. Que sont-ils devenus ? Va-t-on les retrouver vivants ?

Dans la même collection

1. Le chat de Tigali
Didier Daeninckx

2. Qui a tué Minou-Bonbon ?
Joseph Périgot

3. Pas de pitié pour les poupées B.
Thierry Lenain

4. On a volé le Nkoro-Nkoro
Thierry Jonquet

5. Crime caramels
Jean-Loup Craipeau

6. Un chaton dans la souricière
Michel Piquemal

7. Les doigts rouges
Marc Villard

8. Le refuge des ptits-tout-seuls
Marie et Joseph

Illustration couverture : Antonin Louchard
Dessin de la Souris Noire : Lewis Trondheim
Maquette : Robert Achoury

Imprimé par Jean Lamour, à Maxéville
Dépôt légal : septembre 1997
N° d'éditeur : 1492
ISBN : 2-84146-420.2